Mark Sarg

Die schwatzhafte Leiche

Mark Sarg

Die schwatzhafte Leiche

Bizarre Kurzgeschichten

Goldene Rakete Verlag für Belletristik

Imprint

Cover image: www.ingimage.com

Publisher:
Goldene Rakete Verlag für Belletristik
is a trademark of
International Book Market Service Ltd., member of OmniScriptum Publishing Group
17 Meldrum Street, Beau Bassin 71504, Mauritius
Printed at: see last page
ISBN: 978-620-0-51935-1

INHALTSVERZEICHNIS

DIE ACHTEN WELTWUNDER

„Sie gehören für mich in die Kategorie der ‚achten Weltwunder'!", pflegte der allseits gefürchtete Philosoph Prof. Gottfredo Treibstock gerne mal einem ***allzu*** hartnäckigen Diskutanten entgegenzuschleudern, „Einerseits eine äußerst charmante und bezaubernde Person, die man am liebsten ***begehren*** würde, und anderseits ein total spießiges und verzopftes ***Riesen***arschloch mit Ansichten aus der ***Stein***zeit!!"

Wer sich da wohl aller – vermutlich ***nicht*** – angesprochen fühlen mag …

DER TAUSENDSASSA

„Was bin ich bloß nur für ein Tausendsassa!“, jauchzte Baron Wurmglück Hofknicks, „Mit dem ***linken*** Beine aufgestanden und ***trotzdem*** einen wunderbaren Tag verbracht. Damit habe ich wohl die Macht auch ***dieses*** Vorurteils hinlänglich gebrochen!“

Wenig später rutschte er freilich doch noch auf einer Bananenschale aus.

Und erkannte daher zudem, dass es ***kein*** Vorurteil ist, den Boden der eigenen Wohnung sauber zu halten – sondern eine gebührende Notwendigkeit …

DIE VERWUNSCHENE BOTSCHAFT (1)

Von einem unbekannten „edlen Gönner und Ratgeber“ erhielt Lord Cunningham Schwellfuß eine Botschaft, die offenbar ***verwunschen*** war.

Denn als er ihrem drängenden Begehren folgte und sich ganz der ***Politik*** verschrieb – ging sein Leben rapide abwärts und endete schließlich sogar im Freitod.

DIE VERWUNSCHENE BOTSCHAFT (2)

Eine Botschaft stand völlig ***allein***,
es traute sich einfach keiner hinein.

Denn im Sterben hatte der Botschafter sie noch verflucht
– ehe er schleunigst sein ***eigenes*** Land dann heimgesucht!

DIE GRAUE HAND

Bei einem Friedhofsbesuch fand Amtsrat Rüdiger Brauthans eine graue Hand im Gestrüpp. Nicht weiter ungewöhnlich auf einem solchen Areal, sollte man meinen.

Als er sie behutsam aufhob, um sie der Verwaltung zu übergeben, stellte er jedoch verblüfft fest, dass sie aus ***Gummi*** war.

„Seltsames Spielzeug haben die Leute hier!“, staunte er kopfschüttelnd. „So etwas wird ***mir*** dereinst ***nicht*** passieren – ich werde mir allenfalls einen weißen ***Fuß*** anschaffen!“

Er war nämlich einbeinig.

DIE GRAUE EMINENZ

Als der als „Graue Eminenz“ im Schatten von Papst Brautfisch dem Galanten verrufene Kardinal Vito Krautwisch, der dies freilich stets vehement bestritten hatte, geraume Zeit nach seinem Tode heiliggesprochen worden war und daher an einen besonderen Ehrenplatz in den Katakomben verlegt werden sollte, stellte man mit Abscheu und Empörung fest, dass er mittlerweile ***wirklich*** grau war!

Worauf man ihn doch lieber verbrannte.

DER PAPST ALS MAKKARONIAUFLAUF ODER

DER UNERFÜLLTE LETZTE WUNSCH

Jahrelang herrschte Usus zwischen Papst Schnauzjack V. und seinen vertrautesten Kardinälen, einander zu Heiligabend einen besonderen Herzenswunsch zu erfüllen.

Einmal aber hing der Haussegen wegen diverser Unstimmigkeiten mehr als schief – weswegen sich die Geladenen innigst wünschten, ihr Oberhaupt als ***Makkaroniauflauf*** „genießen" zu dürfen.

Doch hatte freilich der Pontifex noch ***seinen*** Wunsch offen – welcher diesmal lautete, sie allesamt auf dem Scheiterhaufen zu sehen!

Nun darf man dreimal raten, ***wer*** sein Begehren schließlich durchsetzte – und damit den Wunsch der Gegenseite zum unerfüllten ***letzten*** degradierte …

DER PAPST ALS SPÜLMITTEL

Während Papst Nebeldampf der Undurchsichtige sich stets als Spülmittel zur immerwährenden Reinigung der Christenheit verstand – welchem Anspruche er freilich, wie alle vor und nach ihm, in ***keiner*** Weise gerecht wurde –, ***schwor*** sein späterer Gastgeber Luzifer auf ihn, in spezieller Aufbereitung, als überaus ***wirksames*** Mittel zur Spülung seines Darms.

So unterschiedlich sind eben oft die Begrifflichkeiten …

DER PAPST ALS NONPLUSULTRA

„Auf Erden bin wahrlich ***ich*** das Nonplusultra!“ Mit stolzgeschwellter Brust betrachtete sich Papst Schlauchbauch der Einzigartige in seinem festlichsten Ornate im Spiegel.

„Du sollst deinen ***Herrn*** nicht verleugnen!“, meldete sich jedoch augenblicklich Luzifer, „Hier auf der Welt hat immer noch ***mein*** Wort das mit Abstand meiste Gewicht!“

Da fiel der heilige Frevler zutiefst erschrocken und schuldbewusst auf die Knie, bat inniglich um Vergebung und begann seinem irdischen Herrn die Zehen zu lecken.

DER PAPST ALS OMELETTE SURPRISE

Zur festlichen Mittagstafel am Ostersonntag gedachte Papst Bauchblum der Unerreichte den Kardinälen eine ganz besondere Freude zu bereiten.

Er präsentierte sich selber als überaus flaumige „Omelette surprise" – aus welcher der ***Teufel*** hervorsprang!

Und die Überraschung war ihm glänzend gelungen. Alle applaudierten begeistert und verneigten sich ehrfürchtig vor dem hohen Gaste.

Worauf dieser gerührt versprach, seine Besuche auf Erden künftig wieder zu intensivieren …

DER PAPST ALS SCHERBENGERICHT

Als „halbe Gottheit“ war Papst Apfelgack der Saure selber sein ***allerstrengster*** Richter. Wann immer ihm ein „heiliger“ Fehler unterlaufen war, verhängte er umgehend ein wahres ***Scherbengericht*** über sich.

Hatte er beispielsweise auch nur ***eine*** Hexe zu ***viel*** verbrannt – versagte er sich gnadenlos die Sonntagskommunion!

DER SARGREIGEN

Ganz enflammiert holte Amtsrätin Ernestine Grießkuss ihre engsten Friedhofsgefährtinnen, um gemeinsam mit ihnen einen Reigen um ihren Sarg zu tanzen.

Er feierte nämlich Geburtstag!

DIE SARGMISS

Beim jährlichen Ball der Bestattungsunternehmer wurde Mrs. Lorinda Fichtlberger feierlich zur „Sargmiss“ gekürt, da man sie als ***schönste*** Leiche der Saison ansah.

Das Preisgeld legte man symbolisch unter ihren Kopfpolster.

Als man es, wie gewohnt, nach Ende der Veranstaltung wieder holen wollte, war es jedoch mitsamt der Inhaberin verschwunden …

DIE LEICHE AUF ABRUF (2)

Sein halbes Leben hatte Monsieur Beauregard Nebelspecht feierlich bereitgestanden, dem Ruf nach drüben in angemessener Würde zu folgen – und als der „Grand jour" dann endlich gekommen war, hatte er ihn glatt „verschlafen"!

Aber er wurde auch ganz ***ohne*** „Festtagskleidung" an seinem neuen Domizil willkommen geheißen.

DER SARGFLITZER

Sir Roy flitzte von einem Sarg in den nächsten hinein,
damit um alles in der Welt nur er ***niemals*** wäre allein.

Wie kann man bloß ***derart*** vergnügungssüchtig sein!

DER SARGSPITZEL

Um die klamme Friedhofskasse aufzubessern, wandte sich die Verwaltung mit einem seltsamen Begehren an die frühere Justizrätin Pauline Moorlauch, die sie aufgrund ihrer Berufslaufbahn für besonders geeignet hielt.

Sie sollte jene Kumpaninnen ausspionieren, die „fremdgingen“, indem sie sich in andere benutzte Särge legten!

Hoffte man doch, von den jeweiligen Hinterbliebenen ein „Bußgeld“ einfordern zu können, von welchem der Angeworbenen eine kleine Beteiligung zustünde.

Entrüstet lehnte sie jedoch ab – sie hätte sich sonst ***selber*** preisgeben müssen.

Not macht eben auch Friedhöfe erfinderisch – weshalb dieser sein Glück auch noch bei weiteren Insassen versuchte. Mit ungewissem Ausgang …

DER FESCHE SARG

Ein Sarg war so fesch, dass sich die Anwärter nur so um ihn scharten.

Völlig unbeeindruckt zeigte er indes allen bloß die kalte Schulter: „Ich stehe ***keineswegs*** auf Leichen, sorry!"

Und er blieb lieber allein, bis sich vielleicht doch einmal ein ***Lebender*** in ihn hineinverirrte …

DIE HEIRATSLUSTIGE LEICHE

„Wär vielleicht doch mal wieder Zeit für eine Ehe!“, dachte Mrs. Hester Grasmück und machte ihrer Friedhofsnachbarin Miss Dana Wurmpflück sogleich unumwunden einen Antrag, der höchst beglückt akzeptiert wurde.

So rasch und ohne lästige Formalitäten lässt sichs eben nur als Leiche heiraten.

Hut ab!

DIE MARZIPANFEE

Die Tochter des Süßwarenherstellers Klee,
geschätzt und bekannt als „Marzipanfee“,
verliebte sich in eine ***leibhaftige*** Fee
und folgte deren Einladung zum Tee.

Und nach dem Bade in einem Rosensee
ritten die beiden auf einem goldenen Reh
nach Haus ins Königreich der Fee Dragée.

DER NEBELWERFER

Ein hoher politischer Nebelwerfer
zog trommelnd durch alle Dörfer.

Und als er mit seiner Reise am Ende war –
hatte er sich gemausert zum ***Präsidenten*** gar!

DIE ABSOLUTE LEICHE

Oberstudienrätin Frieda Reibloch hielt sich selber für die „***absolute***“ Leiche.

Sie war ***so*** tot – dass es wirklich nur noch „aufwärts“ gehen konnte …

DAS SCHRECKGESPENST

Hofrat Amelio Kleingeist fand ein Schreckgespenst in seiner Bibliothek. Er grüßte es höflich, doch erwartungsgemäß erwiderte es ***nicht*** den Gruß.

„Ich muss Sie enttäuschen, aber Unfreundlichkeit vermag mich schon ***lange*** nicht mehr zu erschrecken!“, verriet er ihm völlig sachlich – und wies ihm ohne weitere Diskussion die Tür.

DER PAPST ALS SCHUSTERJUNGE

„Wär ich doch bloß ein Schusterjunge,
dann litte vielleicht zwar meine Lunge,
aber ansonsten wäre ich ***frei***!“,
seufzte bedrückt Papst Einerlei.

„Dummes Geschwätz!“, korrigierte er sich gleich
und klopfte lieber weiterhin die ***Kardinäle*** weich.

DER PAPST ALS WARZENSCHWEIN

Der Einfachheit halber pflegte der unbestechliche Religionsphilosoph Prof. Friedemann Grußkuss die Christen in ihrer Gesamtheit immer als ***Schweine*** zu bezeichnen.

Wobei er stets ausdrücklich auf die Feststellung Wert legte, diesen Begriff ausschließlich im vom ***Menschen*** gemeinten Sinne zu verwenden – da ja die tierischen Genossen selber höchst ***liebreizende*** Geschöpfe wären, bei denen man sich für jede ***missbräuchliche*** Benutzung ihres Namens in aller Form entschuldigen müsse.

Und zur krönenden Hervorhebung des damaligen Oberhauptes der so Apostrophierten, Papst Moorschlauch des Gefestigten, nannte er diesen eben ***Warzen***schwein.

Man darf freilich mit Sicherheit davon ausgehen, dass er hierbei vorausschauend auch schon dessen ***Nachfolger*** miteinbezog …

DER PAPST ALS GERMKNÖDEL

Die Wahl nach einem krönenden heiligen Dessert
fiel bei einem höllischen Gelage ***keinem*** schwer.

Alle entschieden sich für den frischen Papst Edeltrödel
– in einer mustergültigen Zubereitung als ***Germknödel***!

DER PAPST ALS SCHUHVERKÄUFER ODER DAS INAKZEPTABLE ANSINNEN

Um zusätzliche Einnahmen für den Vatikan zu lukrieren, verfiel der geschäftstüchtige Papst Schlagloch der Durchtriebene auf eine glorreiche Idee:

Er ließ regelmäßig seine heiligen Pantoffeln versteigern, nachdem er sie jeweils eine Woche lang getragen hatte.

Erst als man anregte, er möge doch dasselbe mit der heiligen Unterwäsche tun, stoppte er empört diese Praktik – und erhöhte lieber die Kirchensteuer.

DIE TANZENDE LEICHE (2)

Wild und vergnügt tanzte Mrs. Hazelnut Sahnehengst um ihren Sarg herum.

„Ist dir jetzt leichter?“, fragte er sie, als sie ihn völlig ermattet wieder bestieg.

Anstelle einer Antwort gab sie ihm nur einen Gute-Nacht-Kuss und schlief augenblicklich ein.

DIE SPÄTE TÄTOWIERUNG

Lady Clorinda Feuchtzwerg hatte sich erst nach dem Tode tätowieren lassen.

Zu Lebzeiten wäre ihr dafür der Körper einfach ***viel*** zu schade gewesen!

DER PAPST UND DAS MAUSERL

In einem schmucken Gotteshauserl[1]
sah Papst Nero ein frommes Mauserl.

Er lud es ein zu einem andachtsvollen Jauserl[2]
und vermählte es mit seinem Lieblingslauserl[3]!

---

[1] Verkleinerung von *Gotteshaus*
[2] Verkleinerung von *Jause*
[3] Verkleinerung von *Lieblingslaus*

DIE UNGEDULD, DEIN FREUND UND HELFER

Die Ungeduld bringt einen oftmals weiter
und macht einen manchmal sogar gescheiter.

Übertrieben aber geht es mit ihr auch bergab,
und man gelangt möglicherweise ins frühe Grab.

Ein Freund und Helfer ist sie jedoch allemal –
denn ***ewig*** zu leben, erschiene vielen nicht ideal.

DER PAPST ALS GIFTMISCHER

Diese „klassischste aller Papstrollen“ war Scharlachschädel dem Gewandten beileibe viel zu abgegriffen und daher zuwider.

Er übertrug sie deshalb einfach seinem ***Sekretär*** Monsignore Natalino Schlabbersack – und wusch seine Hände auf ebenfalls klassische Weise in Unschuld …

DER PAPST ALS STREUSELKUCHEN

Sich als seinen geliebten Streuselkuchen
zur höchsten Erbauung ***selbst*** zu suchen.

Darin gefiel sich Papst Vito stets erneut
und hat dies bis zuletzt auch nie bereut.

Er verstreute Streusel überall im Vatikan
und folgte den Spuren dann wie im Wahn.

Und hatte er sich endlich selber entdeckt –
rannte er wieder ***davon*** zutiefst erschreckt!

DER SARGGRAPSCHER

Da ihm ja zu Lebzeiten das Grapschen so ***leidig*** untersagt gewesen war, holte Baron Philibert Krautgans dieses anschließend desto lustvoller und ungestümer nach.

Von früh bis spät begrapschte er seinen Sarg nach allen Regeln der Kunst – sodass sich der Umworbene nur immer aufs Neue wunderte über so viel ungewohnte Zuneigung …

DIE TÜRENPHOBIE

Sooft Monsieur Octave Schlauchblum einen Raum betrat, sprang sogleich die Tür aus den Angeln – wofür jahrelang niemand eine Erklärung hatte.

Verständlich, dass er kein gern gesehener Gast war – und zuletzt völlig isoliert in einer türenlosen Dachwohnung hauste.

Erst der renommierte Hypnosespezialist Dr. Francoeur Sargdistel vermochte in mehreren aufwändigen Sitzungen die Ursache des Phänomens herauszufinden.

Sein Patient litt an einer äußerst seltenen und extrem ausgeprägten ***Türenphobie*** – ausgelöst durch den Umstand, dass ihn seine allzu strenge Mutter, Lolotte, als Kind zur „Disziplinierung“ durch eine geschlossene Tür zu werfen versuchte, was gottlob misslang.

Nun freilich konnte er sich selber als geheilt betrachten. Er entschuldigte sich in aller Form bei allen unschuldigen Türen und vergab seinerseits der Mutter, die ihre Tat ohnehin längst bitter bereut hatte.

SCHOCKIERENDE MONSTROSITÄTEN

Über äußerst „schockierende Monstrositäten“ hatten Reisende aus dem Weltall nach einem Kurzbesuch auf Erden zu berichten.

Und dabei waren die offenbar recht Zartbesaiteten lediglich Zeugen einer simplen Wahlveranstaltung gewesen …

DIE SCHWATZHAFTE LEICHE

Die ehemalige Abgeordnete Mrs. Alison Tulpengreen schwatzte von früh bis spät drauf los und merkte gar nicht, dass sie nicht mehr im Parlament war.

Und immer, wenn ihr Sarg sie sanft daran erinnerte, erteilte sie ihm sogleich einen „Ordnungsruf" oder drohte gar, ihn des „Saales" zu verweisen!

DER PAPST ALS REBLAUS

Als andächtig betende Reblaus
sah sich Papst Rio im Weinhaus.

„Was will ich von ***der*** bloß lernen?
Das steht wohl ***nur*** in den Sternen!“

Und zufrieden erwachte er wieder,
gab sich aber jetzt ganz ***bieder*** …

DIE BEIDEN ALLAHOHOS

Señor Umberto Allahoho und Barone Niccolo Allahoho lernten einander auf einer Kreuzfahrt kennen – und hatten nichts anderes als ihren Nachnamen gemein.

Der allerdings Grund genug für sie war, sich noch an Bord begeistert ihr Jawort zu geben.

„BESCHNUPPERN SIE SICH!“

„Beschnuppern Sie sich nur ausreichend!“, ermunterte Mr. Ashgreen Bauchblum seinen Hund Kirkpatrick, „Schließlich haben Sie dies früher mit Ihrer gesamten Belegschaft ebenfalls zur Genüge getan!“

Aufgrund einer nächtlichen „Eingebung“ war er nämlich felsenfest davon überzeugt, seinen wiedergeborenen Chef Sir Fairbank Windjoch vor sich zu haben – der ihm auf diese Weise Abbitte für seinerzeit erlittenes Unrecht leisten wollte.

DER AUFSCHREI DER EMPÖRUNG

Beim Betreten des Zuschauerraums vernahm Lord Hartford Hundsgfrett einen Aufschrei der Empörung – den er allzu voreilig auf seine ***Verspätung*** bezog, worauf er, seinerseits empört, türknallend den Saal wieder verließ und sein Abonnement kündigte.

Als der überzeugte Agnostiker freilich bald darauf erfuhr, dass der Unwillen des Publikums einer provokanten Textpassage gegen den ***Papst*** gegolten hatte, kehrte er reumütig zurück in sein Stammtheater und verpasste fortan keine ***Sekunde*** eines Stückes mehr!

DIE SARGSTRÜMPFE ODER

DIE KOMPLETTHIMMELFAHRT

Als man Lady Wally Brautwisch wegen ihrer besonderen Verdienste um das Wohlergehen der Stadt zehn Jahre nach ihrem Ableben in ein Ehrengrab umsiedeln und dabei auch den bereits ramponierten Sarg austauschen wollte, stellte man fassungslos fest, dass sich lediglich ihre ***Strümpfe*** noch darin befanden und er ansonsten völlig leer war!

Es müsse sich wohl um eines jener exemplarisch seltenen Wunder einer „Kompletthimmelfahrt" gehandelt haben, rang man sich schließlich mangels anderer Erklärungen hilflos ab.

Doch weshalb sie ausgerechnet ihre Strümpfe zurückgelassen hatte, wollte wahrlich ***keinem*** in den Kopf.

Gerade ***dieses*** Rätsel freilich ***kann*** gelöst werden – denn es ***waren*** gar nicht ihre eigenen Strümpfe gewesen!

DER PAPST ALS FLASCHENGEIST

Zu Lebzeiten als ***Flasche*** gescholten – nach dem Dahinscheiden als ***Geist*** verspottet:

So wie Papst Moorbauch dem Unscheinbaren kann es leider auch ***vielen anderen*** ergehen …

Printed by Books on Demand GmbH, Norderstedt / Germany